猫町

作　萩原朔太郎

画　金井田英津子

猫町

散文詩風な小説《ロマン》

蠅を叩きつぶしたところで、
蠅の「物そのもの」は死にはしない。

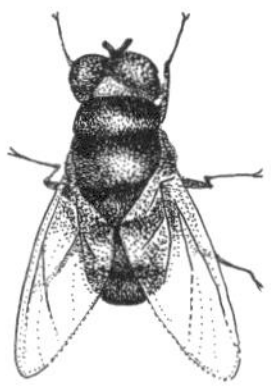

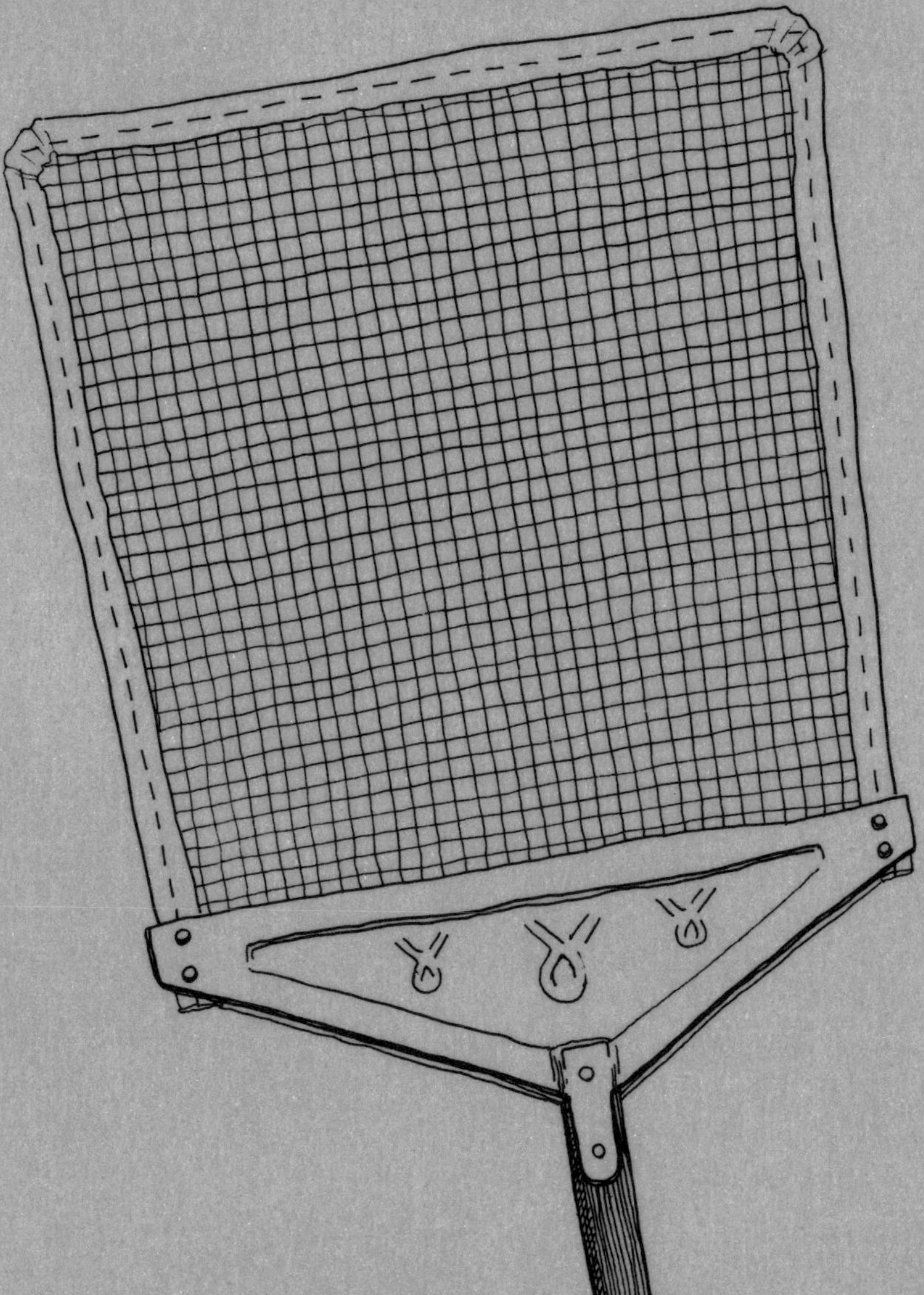

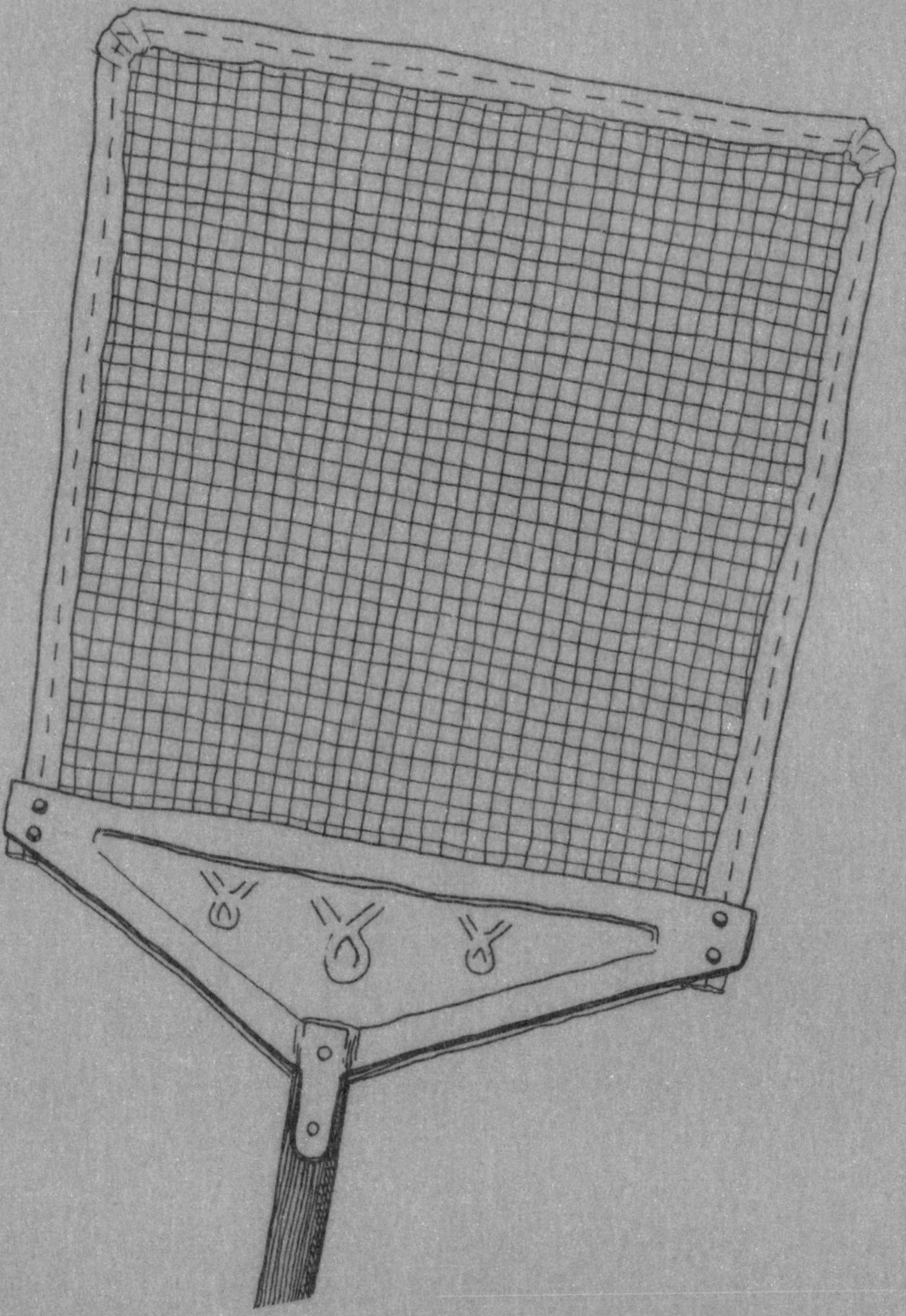

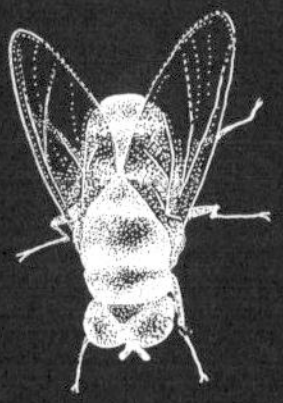

単に蝿の現象をつぶしたばかりだ。――

ショウペンハウエル

1

旅への誘《いざな》いが、次第に私の空想《ロマン》から消えて行った。昔はただそれの表象、汽車や、汽船や、見知らぬ他国の町々やを、イメージするだけでも心が躍《おど》った。しかるに過去の経験は、旅が単なる「同一空間における同一事物の移動」にすぎないことを教えてくれた。どこへ行ってみても、同じような人間ばかり住んでおり、同じような村や町やで、同じような単調な生活を繰り返している。

田舎《いなか》のどこの小さな町でも、商人は店先で算盤《そろばん》を弾《はじ》きながら、終日白っぽい往来を見て暮しているし、官吏《かんり》は役所の中で煙草《たばこ》を吸い、昼飯の菜《さい》のことなど考えながら、来る日も来る日も同じように、味気ない単調な日を暮しながら、次第に年老いて行く人生を眺めている。

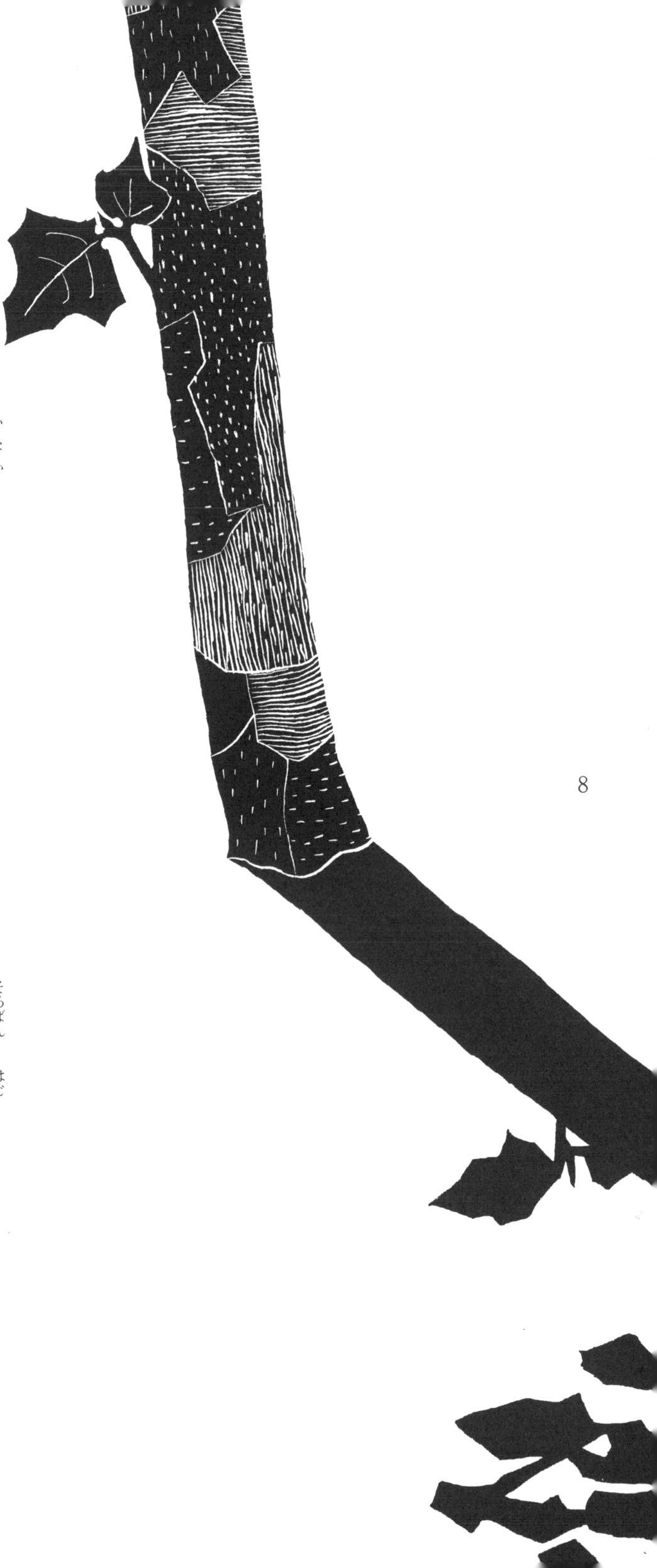

旅への誘いは、私の疲労した心の影に、とある空地に生えた青桐《あおぎり》みたいな、無限の退屈した風景を映像させ、どこでも同一性の方則が反覆している、人間生活への味気ない嫌厭《けんえん》を感じさせるばかりになった。私はもはや、どんな旅にも興味とロマンスを無くしてしまった。

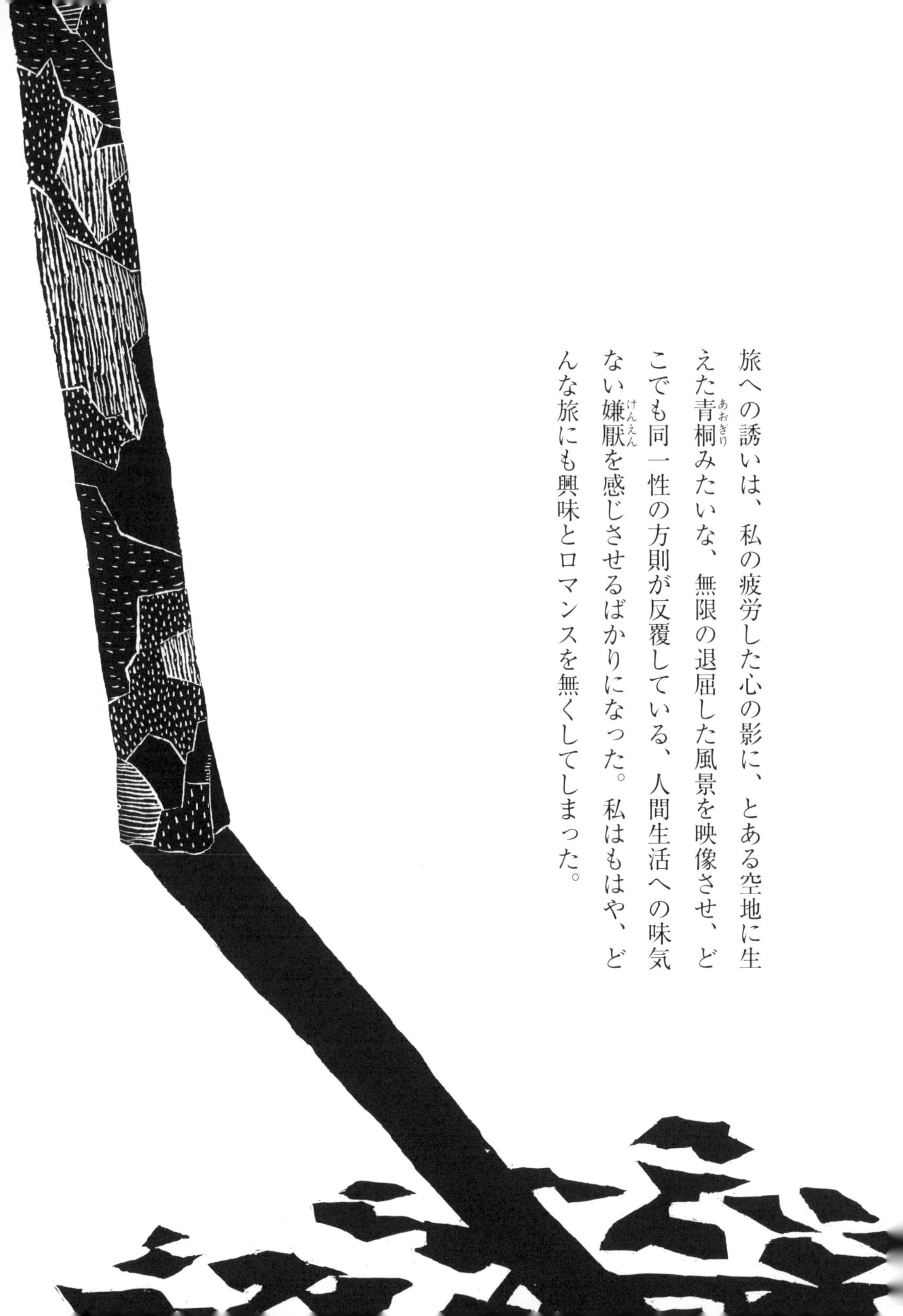

久しい以前から、私は私自身の独特な方法による、不思議な旅行ばかりを続けていた。その私の旅行というのは、人が時空と因果の外に飛翔し得る唯一の瞬間、すなわちあの夢と現実との境界線を巧《たく》みに利用し、主観の構成する自由な世界に遊ぶのである。と言ってしまえば、もはやこの上、私の秘密について多く語る必要はないであろう。ただ私の場合は、用具や設備に面倒な手数がかかり、かつ日本で入手の困難な阿片の代りに、簡単な注射や服用ですむモルヒネ、コカインの類を多く用いたということだけを附記《ふき》しておこう。そうした麻酔によるエクスタシイの夢の中で、私の旅行した国々のことについては、ここに詳《くわ》しく述べる余裕がない。

だがたいていの場合、私は蛙どもの群がってる沼沢《しょうたく》地方や、極地に近く、ペンギン鳥の居る沿海地方などを彷《ほう》徊《かい》した。それらの夢の景色の中では、すべての色彩が鮮《あざ》やかな原色をして、海も、空も、硝子のように透明な真青だった。醒めての後にも、私はそのヴィジョンを記憶しており、しばしば現実の世界の中で、異様の錯覚を起したりした。

　薬物によるこうした旅行は、だが私の健康をひどく害した。私は日々に憔悴《しょうすい》し、血色が悪くなり、皮膚が老衰に澱《よど》んでしまった。私は自分の養生に注意し始めた。そして運動のための散歩の途上で、ある日偶然、私の風変りな旅行癖《へき》を満足させ得る、一つの新しい方法を発見した。

私は医師の指定してくれた注意によって、毎日家から四、五十町（三十分から一時間くらい）の附近を散歩していた。その日もやはりいつも通りに、ふだんの散歩区域を歩いていた。私の通る道筋は、いつも同じように決まっていた。だがその日に限って、ふと知らない横丁を通り抜けた。そしてすっかり道をまちがえ、方角を解《わか》らなくしてしまった。元来私は、磁石の方角を直覚する感官機能に、何かの著るしい欠陥をもった人間である。そのため道のおぼえが悪く、少し慣れない土地へ行くと、すぐ迷児になってしまった。その上私には、道を歩きながら瞑想に耽《ふけ》る癖があった。

途中で知人に挨拶されても、少しも知らずにいる私は、時々自分の家のすぐ近所で迷児になり、人に道をきいて笑われたりする。かつて私は、長く住んでいた家の廻りを、塀《へい》に添うて何十回もぐるぐると廻り歩いたことがあった。方角観念の錯誤から、すぐ目の前にある門の入口が、どうしても見つからなかったのである。家人は私が、まさしく狐に化かされたのだと言った。狐に化かされるという状態は、つまり心理学者のいう三半規管の疾病であるのだろう。なぜなら学者の説によれば、方角を知覚する特殊の機能は、耳の中にある三半規管の作用だと言うことだから。

余事はとにかく、私は道に迷って困惑しながら、当推《あてずい》量《りょう》で見当をつけ、家の方へ帰ろうとして道を急いだ。そして樹木の多い郊外の屋敷町を、幾度《いくど》かぐるぐる廻ったあとで、ふとある賑《にぎ》やかな往来へ出た。それは全く、私の知らないどこかの美しい町であった。街路は清潔に掃除《そうじ》されて、鋪石がしっとりと露に濡れていた。どの商店も小綺麗にさっぱりして、磨いた硝子の飾窓には、様々の珍しい商品が並んでいた。珈琲店《カフェ》の軒には花樹が茂り、町に日蔭のある情趣を添えていた。四つ辻の赤いポストも美しく、煙草屋の店に居る娘さえも、杏《あんず》のように明るくて可憐《かれん》であった。かつて私は、こんな情趣の深い町を見たことが無かった。一体こんな町が、東京のどこにあったのだろう。

IMPORT&

私は地理を忘れてしまった。しかし時間の計算から、それが私の家の近所であること、徒歩で半時間くらいしか離れていないいつもの私の散歩区域、もしくはそのすぐ近い範囲にあることだけは、確実に疑いなく解っていた。しかもそんな近いところに、今まで少しも人に知れずに、どうしてこんな町が有ったのだろう？

私は夢を見ているような気がした。それが現実の町ではなくって、幻燈《げんとう》の幕に映った、影絵の町のように思われた。だがその瞬間に、私の記憶と常識が回復した。気が付いてみれば、それは私のよく知ってる、近所の詰《つま》らない、有りふれた郊外の町なのである。

いつものように、四ツ辻にポストが立って、煙草屋には胃病の娘が坐っている。そして店々の飾窓には、いつもの流行おくれの商品が、埃《ほこり》っぽく欠伸《あくび》をして並んでいるし、珈琲店の軒には、田舎らしく造花のアーチが飾られている。何もかも、すべて私が知ってる通りの、いつもの退屈な町にすぎない。一瞬間の中《うち》に、すっかり印象が変ってしまった。そしてこの魔法のような不思議の変化は、単に私が道に迷って、方位を錯覚したことにだけ原因している。いつも町の南はずれにあるポストが、反対の入口である北に見えた。いつもは左側にある街路の町家が、逆に右側の方へ移ってしまった。そしてただこの変化が、すべての町を珍しく新しい物に見せたのだった。

その時私は、未知の錯覚した町の中で、ある商店の看板を眺めていた。その全く同じ看板の絵を、かつてどこかで見たことがあると思った。そして記憶が回復された一瞬時に、すべての方角が逆転した。すぐ今まで、左側にあった往来が右側になり、北へ向って歩いた自分が、南に向って歩いていることを発見した。

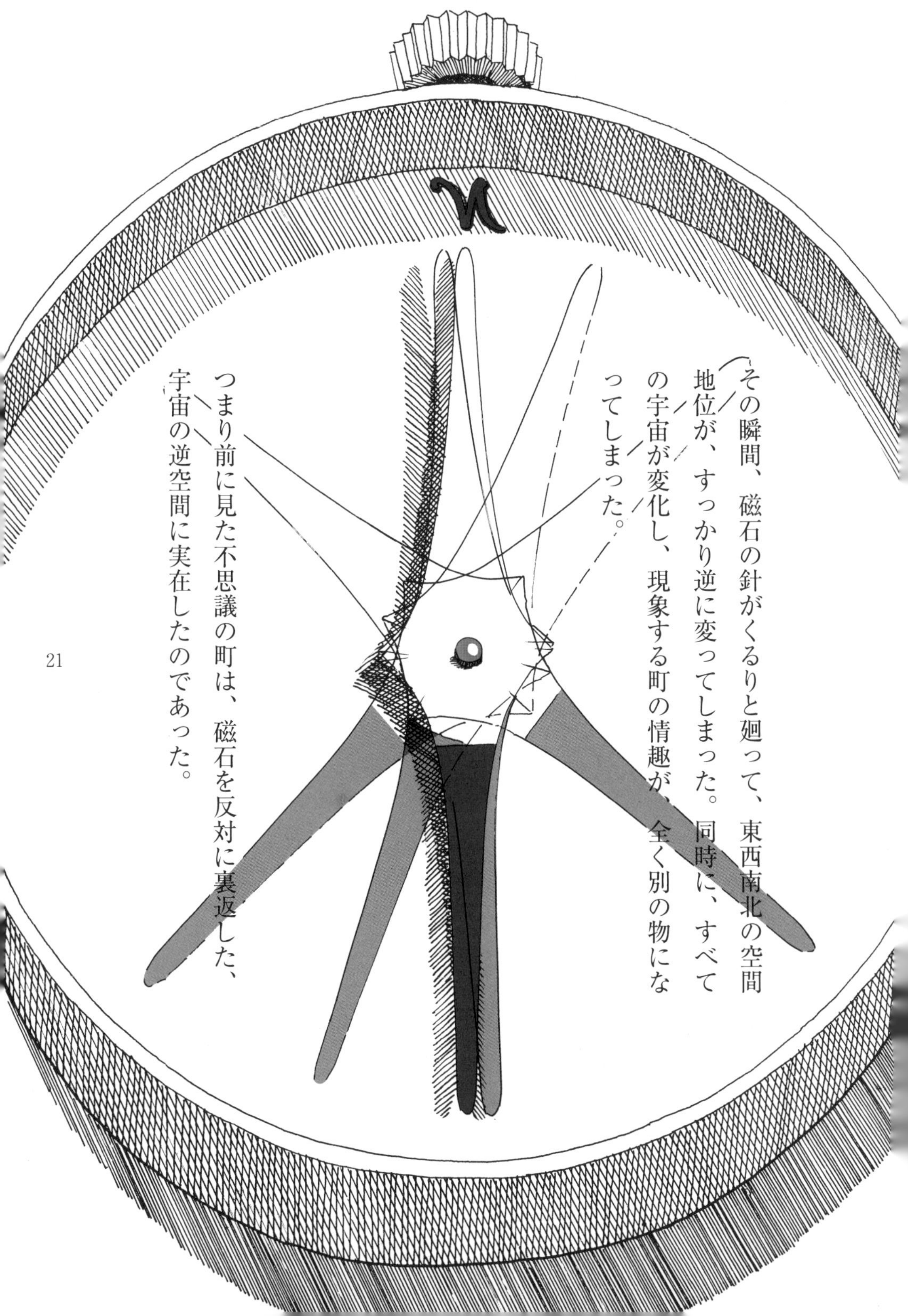

その瞬間、磁石の針がくるりと廻って、東西南北の空間地位が、すっかり逆に変ってしまった。同時に、すべての宇宙が変化し、現象する町の情趣が、全く別の物になってしまった。

つまり前に見た不思議の町は、磁石を反対に裏返した、宇宙の逆空間に実在したのであった。

この偶然の発見から、私は故意に方位を錯覚させて、しばしばこのミステリイの空間を旅行し廻った。特にまたこの旅行は、前に述べたような欠陥によって、私の目的に都合がよかった。だが普通の健全な方角知覚を持ってる人でも、時にはやはり私と同じく、こうした特殊の空間を、経験によって見たであろう。

たとえば諸君は、夜おそく家へ帰る汽車に乗ってる。始め停車場を出発した時、汽車はレールを真直に、東から西へ向って走っている。だがしばらくする中に、諸君はうたた寝の夢から醒める。そして汽車の進行する方角が、いつのまにか反対になり、西から東へと、逆に走ってることに気が付いてくる。諸君の理性は、決してそんなはずがないと思う。

しかも知覚上の事実として、汽車はたしかに反対に、諸君の目的地から遠ざかって行く。そうした時、試みに窓から外を眺めて見たまえ。いつも見慣れた途中の駅や風景やが、すっかり珍しく変ってしまって、記憶の一片さえも浮ばないほど、全く別のちがった世界に見えるだろう。だが最後に到着し、いつものプラットホームに降りた時、始めて諸君は夢から醒め、現実の正しい方位を認識する。そしていったんそれが解れば、始めに見た異常の景色や事物やは、何でもない平常通りの、見慣れた詰らない物に変ってしまう。つまり一つの同じ景色を、始めに諸君は裏側から見、後には平常の習慣通り、再度正面から見たのである。

馬

このように一つの物が、視線の方角を換《か》えることで、二つの別々の面を持ってること。同じ一つの現象が、その隠された「秘密の裏側」を持ってるということほど、メタフィジックの神秘を包んだ問題はない。私は昔子供の時、壁にかけた額の絵を見て、いつも熱心に考え続けた。

いったいこの額の景色の裏側には、どんな世界が秘密に隠されているのだろうと。私は幾度か額をはずし、油絵の裏側を覗《のぞ》いたりした。そしてこの子供の疑問は、大人《おとな》になった今日でも、長く私の解きがたい謎になってる。

次に語る一つの話も、こうした私の謎に対して、ある解答を暗示する鍵になってる。読者にしてもし、私の不思議な物語からして、事物と現象の背後に隠れているところの、ある第四次元の世界――景色の裏側の実在性――を仮想し得るとせば、この物語の一切は真実《レアール》である。だが諸君にして、もしそれを仮想し得ないとするならば、私の現実に経験した次の事実も、所詮《しょせん》はモルヒネ中毒に中枢を冒《おか》された一詩人の、取りとめもないデカダンスの幻覚にしか過ぎないだろう。とにかく私は、勇気を奮《ふる》って書いてみよう。ただ小説家でない私は、脚色や趣向によって、読者を興がらせる術《すべ》を知らない。私のなし得ることは、ただ自分の経験した事実だけを、報告の記事に書くだけである。

2

その頃私は、北越地方のKという温泉に滞留《たいりゅう》していた。九月も末に近く、彼岸を過ぎた山の中では、もうすっかり秋の季節になっていた。都会から来た避暑客は、既に皆帰ってしまって、後には少しばかりの湯治客が、静かに病を養っているのであった。秋の日影は次第に深く、旅館の侘《わび》しい中庭には、木々の落葉が散らばっていた。

私はフランネルの着物をきて、ひとりで裏山などを散歩しながら、所在のない日々の日課をすごしていた。

私の居る温泉地から、少しばかり離れた所に、
三つの小さな町があった。

いずれも町というよりは、村というほどの小さな部落であったけれども、その中の一つは相当に小ぢんまりした田舎町で、一通りの日常品も売っているし、都会風の飲食店なども少しはあった。温泉地からそれらの町へは、いずれも直通の道路があって、毎日定期の乗合馬車が往復していた。特にその繁華なU町へは、小さな軽《けい》便《べん》鉄道が敷設されていた。

私はしばしばその鉄道で、町へ出かけて行って買物をしたり、時にはまた、女の居る店で酒を飲んだりした。

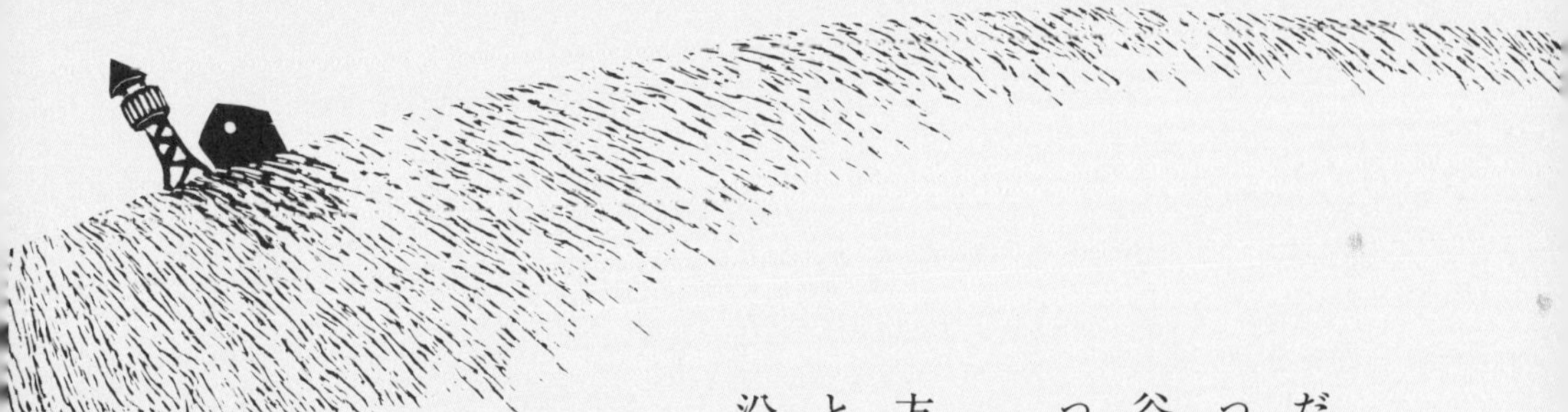

だが私の実の楽しみは、軽便鉄道に乗ることの途中にあった。その玩具《がんぐ》のような可愛《かわい》い汽車は、落葉樹の林や、谷間の見える山峡《やまかい》やを、うねうねと曲りながら走って行った。

ある日私は、軽便鉄道を途中で下車し、徒歩でU町の方へ歩いて行った。それは見晴しの好い峠の山道を、ひとりでゆっくり歩きたかったからであった。道は軌道《レール》に沿いながら、林の中の不規則な小径《こみち》を通った。

所々に秋草の花が咲き、赫土《あかつち》の肌が光り、伐《き》られた樹木が横たわっていた。私は空に浮んだ雲を見ながら、この地方の山中に伝説している、古い口碑《こうひ》のことを考えていた。概して文化の程度が低く、原始民族のタブーと迷信に包まれているこの地方には、実際色々な伝説や口碑(1)があり、今でもなお多数の人々は、真面目に信じているのである、現に私の宿の女中や、近所の村から湯治に来ている人たちは、一種の恐怖と嫌悪の感情とで、私に様々のことを話してくれた。彼等の語るところによれば、ある部落の住民は犬神に憑《つ》かれており、ある部落の住民は猫神に憑かれている。犬神に憑かれたものは肉ばかりを食い、猫神に憑かれたものは魚ばかり食って生活している。

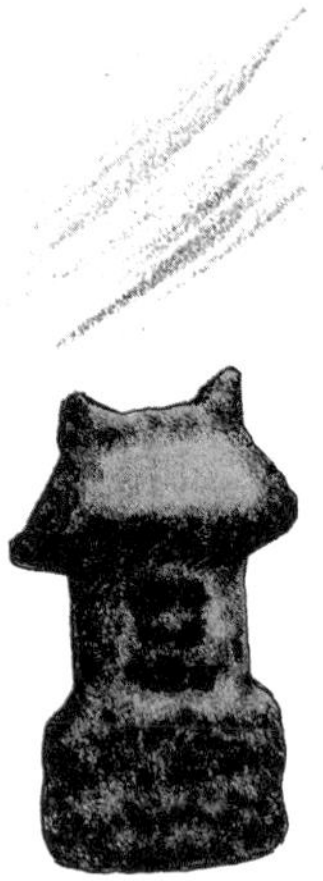

そうした特異な部落を称して、この辺の人々は「憑き村」と呼び、一切の交際を避けて忌《い》み嫌った。「憑き村」の人々は、年に一度、月の無い闇夜を選んで祭礼をする。その祭の様子は、彼等以外の普通の人には全く見えない。稀《ま》れに見て来た人があっても、なぜか口をつぐんで話をしない。彼等は特殊の魔力を有し、所因の解らぬ莫大の財産を隠している。等々。

こうした話を聞かせた後で、人々はまた追加して言った。現にこの種の部落の一つは、つい最近まで、この温泉場の附近にあった。今ではさすがに解消して、住民はどこかへ散ってしまったけれども、おそらくやはり、どこかで秘密の集団生活を続けているにちがいない。

その疑いない証拠として、現に彼等のオクラ（魔神の正体）を見たという人があると。こうした人々の談話の中には、農民一流の頑迷《がんめい》さが主張づけられていた。否《いや》でも応でも、彼等は自己の迷信的恐怖と実在性とを、私に強制しようとするのであった。だが私は、別のちがった興味でもって、人々の話を面白く傾聴していた。日本の諸国にあるこの種の部落的タブーは、おそらく風俗習慣を異にした外国の移住民や帰化人やを、先祖の氏神にもつ者の子孫であろう。あるいは多分、もっと確実な推測として、切支丹《キリシタン》宗徒の隠れた集合的部落であったのだろう。しかし宇宙の間には、人間の知らない数々の秘密がある。

ホレーシオ(2)が言うように、理智は何事をも知りはしない。理智はすべてを常識化し、神話に通俗の解説をする。しかも宇宙の隠れた意味は、常に通俗以上である。だからすべての哲学者は、彼等の窮理《きゆうり》の最後に来て、いつも詩人の前に兜を脱いでる。詩人の直覚する超常識の宇宙だけが、真のメタフィジックの実在なのだ。

　こうした思惟《しい》に耽りながら、私はひとり秋の山道を歩いていた。その細い山道は、径路に沿うて林の奥へ消えて行った。目的地への道標《みちしるべ》として、私が唯一のたよりにしていた汽車の軌道は、もはやどこにも見えなくなった。私は道を無くしたのだ。

「迷い子！」

　瞑想から醒めた時に、私の心に浮んだのは、この心細い言葉であった。私は急に不安になり、道を探そうとしてあわて出した。私は後へ引返して、逆に最初の道へ戻ろうとした。そしていっそう地理を失い、多岐に別れた迷路の中へ、ぬきさしならず入ってしまった。山は次第に深くなり、小径は荊棘《いばら》の中に消えてしまった。空しい時間が経過して行き、一人の樵夫《きこり》にも逢《あ》わなかった。

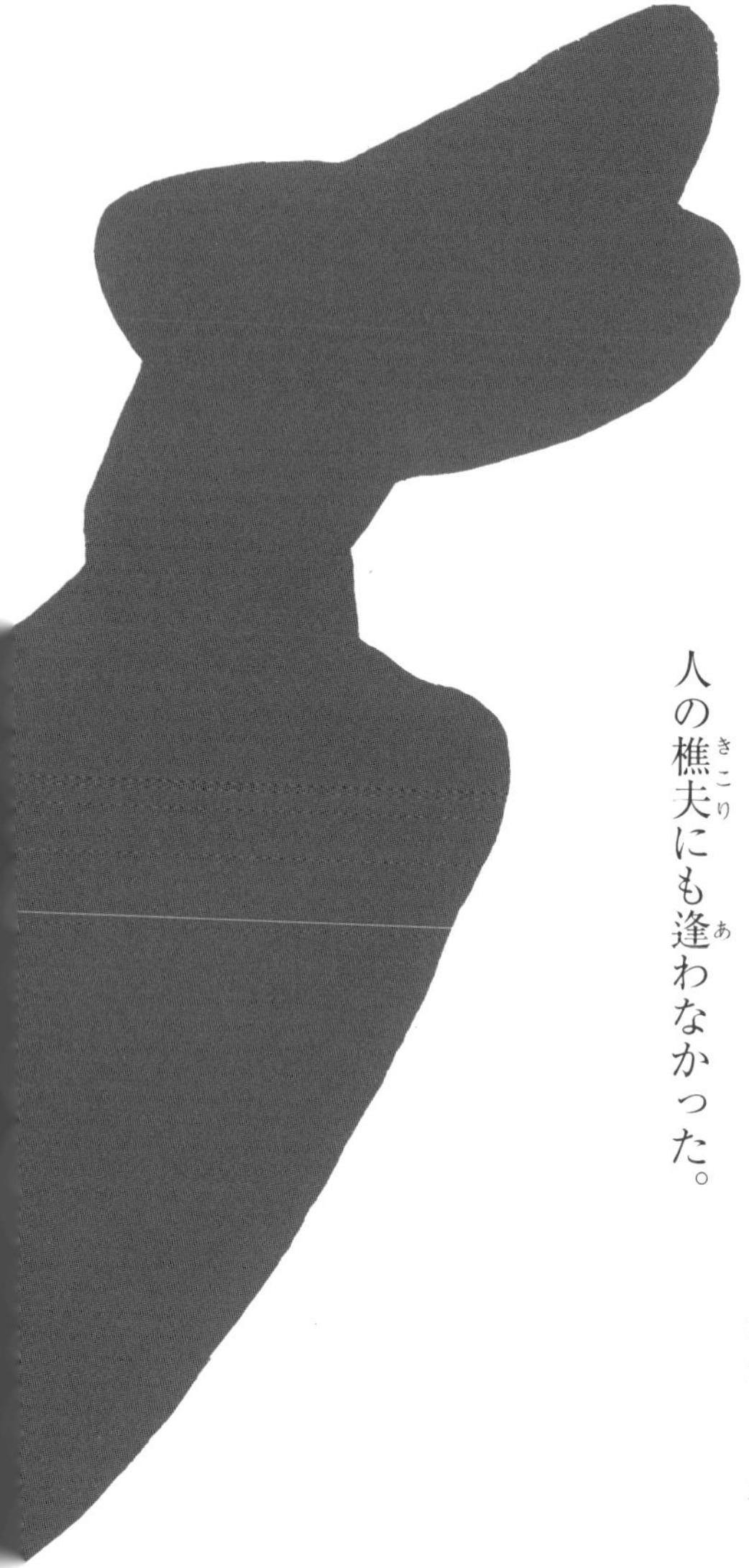

私はだんだん不安になり、犬のように焦燥《しょうそう》しながら、道を嗅《か》ぎ出そうとして歩き廻った。そして最後に、ようやく人馬の足跡のはっきりついた、一つの細い山道を発見した。私はその足跡に注意しながら、次第に麓《ふもと》の方へ下って行った。どっちの麓へ降りようとも、人家のある所へ着きさえすれば、とにかく安心ができるのである。

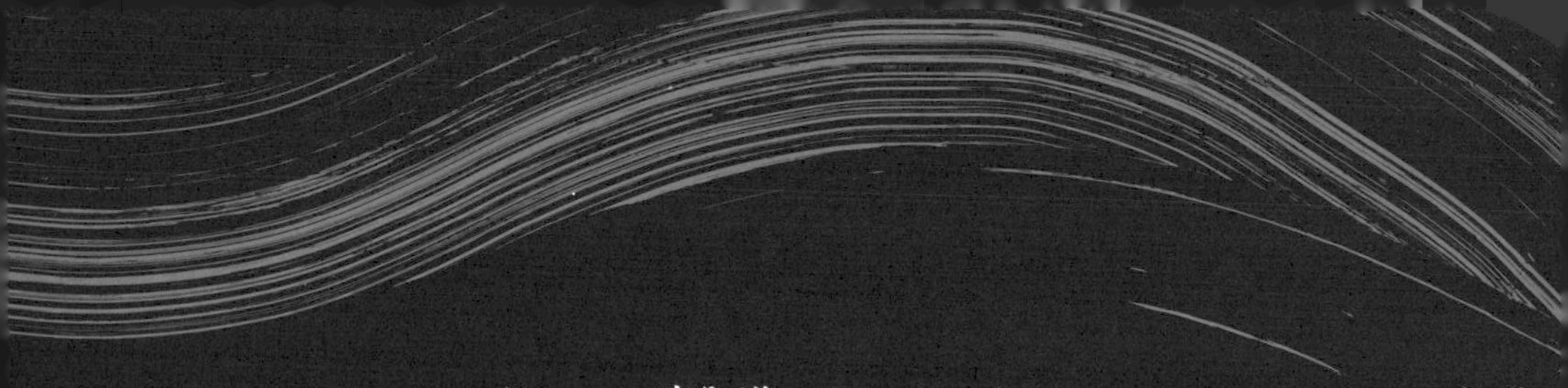

幾時間かの後、私は麓へ到着した。そして全く、思いがけない意外の人間世界を発見した。そこには貧しい農家の代りに、繁華な美しい町があった。かつて私のある知人が、シベリヤ鉄道の旅行について話したことは、あの満目荒《まんもくこう》寥《りょう》たる無人の曠野《こうや》を、汽車で幾日も幾日も走った後、ようやく停車した沿線の一小駅が、世にも賑わしく繁華な都会に見えるということだった。

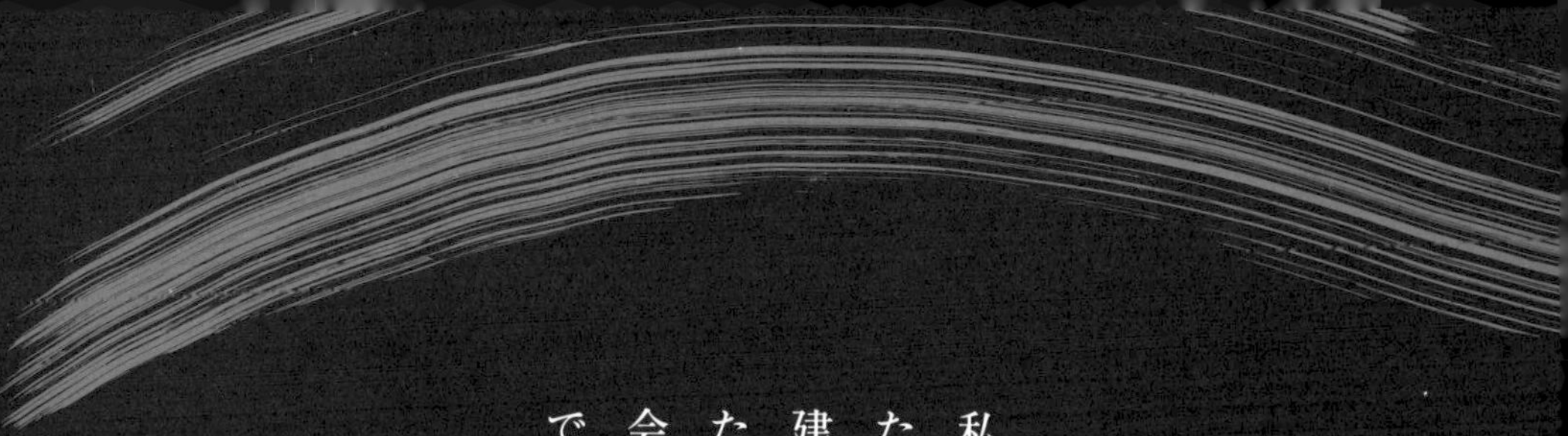

私の場合の印象もまた、おそらくはそれに類した驚きだった。麓の低い平地へかけて、無数の建築の家屋が並び、塔や高楼が日に輝やいていた。こんな辺鄙《へんぴ》な山の中に、こんな立派な大都会が存在しようとは、容易に信じられないほどであった。

私は幻燈を見るような思いをしながら、次第に町の方へ近付いて行った。そしてとうとう、自分でその幻燈の中へ這入《はい》って行った。私は町のある狭い横丁から、胎内めぐりのような路《みち》を通って、繁華な大通の中央へ出た。そこで目に映じた市街の印象は、非常に特殊な珍しいものであった。

すべての軒並の商店や建築物は、美術的に変った風情《ふぜい》で意匠《いしょう》され、かつ町全体としての集合美を構成していた。しかもそれは意識的にしたのでなく、偶然の結果からして、年代の錆《さび》がついて出来てるのだった。それは古雅《こが》で奥床しく、町の古い過去の歴史と、住民の長い記憶を物語っていた。

町幅は概して狭く、大通でさえも、ようやく二、三間くらいであった。その他の小路は、軒と軒との間にはさまれていて、狭く入混んだ路地になってた。それは迷路のように曲折しながら、石畳のある坂を下に降りたり、二階の張り出した出窓の影で、暗く隧道《トンネル》になった路をくぐったりした。南国の町のように、所々に茂った花樹が生え、その附近には井戸があった。至るところに日影が深く、街全体が青樹の蔭のようにしっとりしていた。娼家らしい家が並んで、中庭のある奥の方から、閑雅《かんが》な音楽の音が聴えて来た。

大通の街路の方には、硝子窓のある洋風の家が多かった。理髪店の軒先には、紅白の丸い棒が突き出してあり、ペンキの看板に Barbershop と書いてあった。旅館もあるし、洗濯屋もあった。町の四辻に写真屋があり、その気象台のような硝子の家屋に、秋の日の青空が佗しげに映っていた。時計屋の店先には、眼鏡《めがね》をかけた主人が坐って、黙って熱心に仕事をしていた。

　街は人出で賑やかに雑閙《ざつとう》していた。そのくせ少しも物音がなく、閑雅にひっそりと静まりかえって、深い眠りのような影を曳《ひ》いてた。

それは歩行する人以外に、物音のする車馬の類が、一つも通行しないためであった。だがそればかりでなく、群集そのものがまた静かであった。男も女も、皆上品で慎《つつし》み深く、典雅でおっとりとした様子をしていた。特に女は美しく、淑《しと》やかな上にコケチッシュ（3）であった。店で買物をしている人たちも、往来で立話をしている人たちも、皆が行儀よく、諧調《かいちょう》のとれた低い静かな声で話をしていた。それらの話や会話は、耳の聴覚で聞くよりは、何かのある柔らかい触覚で、手触りに意味を探るというような趣《おもむ》きだった。とりわけ女の人の声には、どこか皮膚の表面を撫でるような、甘美《かんび》でうっとりとした魅力があった。すべての物象と人物とが、影のように往来していた。

私が始めて気付いたことは、こうした町全体のアトモスフィア(4)が、非常に繊細な注意によって、人《じん》為《い》的《てき》に構成されていることだった。単に建物ばかりでなく、町の気分を構成するところの全神経が、ある重要な美学的意匠にのみ集中されていた。空気のいささかな動揺にも、対比、均斉、調和、平衡等の美的方則を破らないよう、注意が隅々まで行き渡っていた。

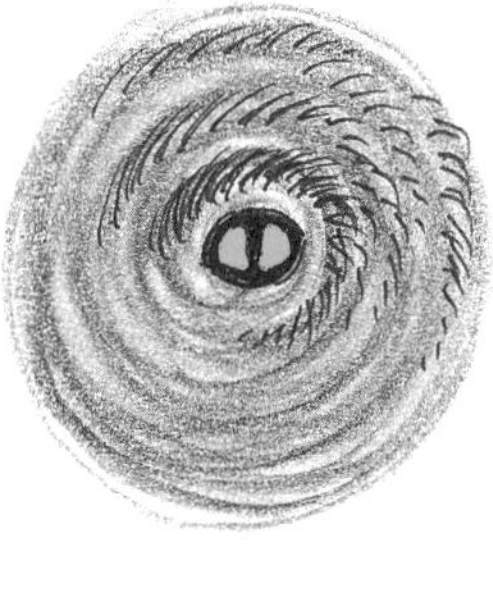

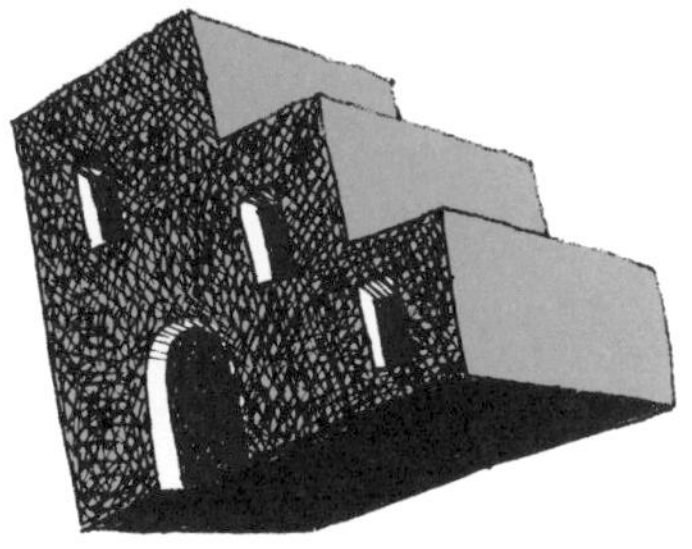

しかもその美的方則の構成には、非常に複雑な微分数的計算を要するので、あらゆる町の神経が、異常に緊張して戦《おのの》いていた。例えばちょっとした調子はずれの高い言葉も、調和を破るために禁じられる。道を歩く時にも、手を一つ動かす時にも、物を飲食する時にも、考えごとをする時にも、着物の柄《がら》を選ぶ時にも、常に町の空気と調和し、周囲との対比や均斉を失わないよう、デリケートな注意をせねばならない。

町全体が一つの薄い玻璃《はり》(5)で構成されてる、危険な毀《こわ》れ易い建物みたいであった、ちょっとしたバランスを失っても、家全体が崩壊して、硝子が粉々に砕《くだ》けてしまう。

それの安定を保つためには、微妙な数理によって組み建てられた、支柱の一つ一つが必要であり、それの対比と均斉とで、辛《かろ》うじて支えているのであった。

しかも恐ろしいことには、それがこの町の構造されてる、真の現実的な事実であった。一つの不注意な失策も、彼等の崩壊と死滅を意味する。

町全体の神経は、そのことの危懼《きぐ》と恐怖で張りきっていた。美学的に見えた町の意匠は、単なる趣味のための意匠でなく、もっと恐ろしい切実の問題を隠していたのだ。

始めてこのことに気が付いてから、私は急に不安になり、周囲の充電した空気の中で、神経の張りきってる苦痛を感じた。町の特殊な美しさも、静かな夢のような閑《かん》寂《じゃく》さも、かえってひっそりと気味が悪く、何かの恐ろしい秘密の中で、暗号を交しているように感じられた。何事かわからない、ある漠然とした一つの予感が、青ざめた恐怖の色で、忙がしく私の心の中を馳け廻《めぐ》った。すべての感覚が解放され、物の微細な色、匂い、音、味、意味までが、すっかり確実に知覚された。あたりの空気には、死屍《しし》のような臭気が充満して、気圧が刻々に嵩《たか》まって行った。ここに現象しているものは、確かに何かの凶兆である。確かに今、何事かの非常が起る！　起るにちがいない！

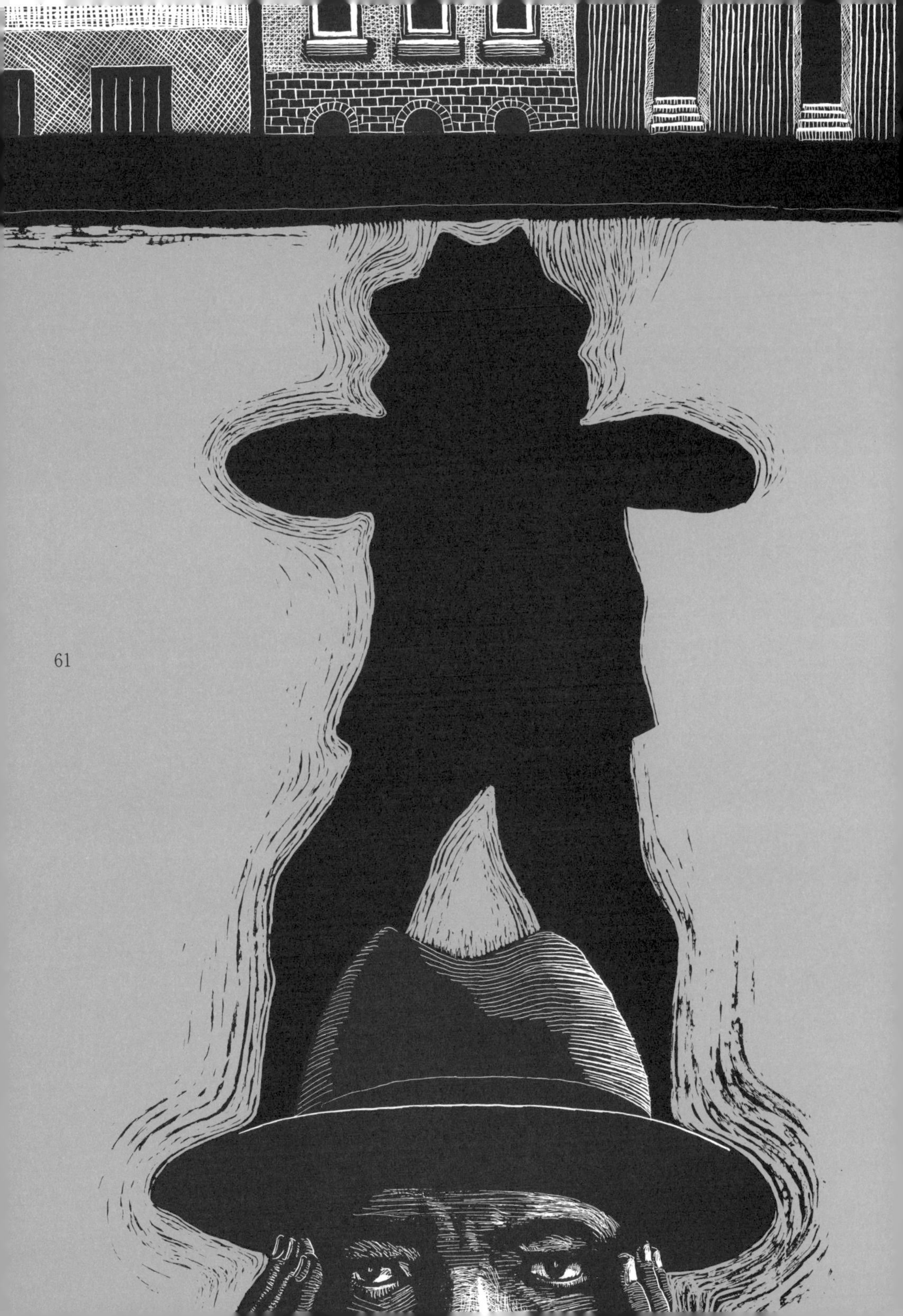

町には何の変化もなかった。往来は相変らず雑閙して、静かに音もなく、典雅な人々が歩いていた。どこかで遠く、胡弓《こきゅう》(6)をこするような低い音が、悲しく連続して聴えていた。それは大地震の来る一瞬前に、平常と少しも変らない町の様子を、どこかで一人が、不思議に怪《あや》しみながら見ているような、おそろしい不安を内容した予感であった。今、ちょっとしたはずみで一人が倒れる。そして構成された調和が破れ、町全体が混乱の中に陥入《おちい》ってしまう。

私は悪夢の中で夢を意識し、目ざめようとして努力しながら、必死に踠《もが》いている人のように、おそろしい予感の中で焦燥した。

空は透明に青く澄《す》んで、充電した空気の密度は、いよいよ刻々に嵩まって来た。建物は不安に歪《ゆが》んで、病気のように瘠《や》せ細って来た。所々に塔のような物が見え出して来た。屋根も異様に細長く、瘠せた鶏の脚みたいに、へんに骨ばって畸形《きけい》に見えた。

「今だ！」

と恐怖に胸を動悸しながら、思わず私が叫んだ時、ある小さな、黒い、鼠のような動物が、街の真中を走って行った。私の眼には、それが実によくはっきりと映像された。何かしら、そこにはある異常な、唐突な、全体の調和を破るような印象が感じられた。

瞬間。万象が急に静止し、底の知れない沈黙が横たわった。何事かわからなかった。だが次の瞬間には、何人《なんぴと》にも想像されない、世にも奇怪な、恐ろしい異変事が現象した。見れば町の街路に充満して、猫の大集団がうようよと歩いているのだ。猫、猫、猫、猫、猫、猫、猫。どこを見ても猫ばかりだ。そして家々の窓口からは、髭の生えた猫の顔が、額縁の中の絵のようにして、大きく浮き出して現れていた。

戦慄《せんりつ》から、私はほどんど息が止まり、まさに昏倒《こんとう》するところであった。これは人間の住む世界でなくて、猫ばかり住んでる町ではないのか。

一体どうしたと言うのだろう。こんな現象が信じられるものか。たしかに今、私の頭脳はどうかしている。自分は幻影《げんえい》を見ているのだ。さもなければ狂気したのだ。私自身の宇宙が、意識のバランスを失って崩壊したのだ。

私は自分が怖くなった。ある恐ろしい最後の破滅が、すぐ近い所まで、自分に迫《せま》って来るのを強く感じた。戦慄が闇を走った。

だが次の瞬間、私は意識を回復した。

静かに心を落付《おちつけ》ながら、私は今一度目をひらいて、事実の真相を眺め返した。その時もはや、あの不可解な猫の姿は、私の視覚から消えてしまった。町には何の異常もなく、窓はがらんとして口を開けていた。往来には何事もなく、退屈の道路が白っちゃけてた。猫のようなものの姿は、どこにも影さえ見えなかった。そしてすっかり情態が一変していた。町には平凡な商家が並び、どこの田舎にも見かけるような、疲れた埃っぽい人たちが、白昼の乾いた街を歩いていた。あの蠱惑的《こわくてき》な不思議な町はどこかまるで消えてしまって、骨牌《カルタ》の裏を返したように、すっかり別の世界が現れていた。

塩
強力
毛生
くすり
足袋

ここに現実している物は、普通の平凡な田舎町。しかも私のよく知っている、いつものU町の姿ではないか。そこにはいつもの理髪店が、客の来ない椅子を並べて、白昼の往来を眺めているし、さびれた町の左側には、売れない時計屋が欠伸をして、いつものように戸を閉めている。すべては私が知ってる通りの、いつもの通りに変化のない、田舎の単調な町である。

時計店

意識がここまではっきりした時、私は一切のことを了解した。愚《おろ》かにも私は、また例の知覚の疾病「三半規管の喪失」にかかったのである。山で道を迷った時から、私はもはや方位の観念を失喪していた。私は反対の方へ降りたつもりで、逆にまたU町へ戻って来たのだ。

しかもいつも下車する停車場とは、全くちがった方角から、町の中心へ迷い込んだ。そこで私はすべての印象を反対に、磁石のあべこべの地位で眺め、上下四方前後左右の逆転した、第四次元の別の宇宙（景色の裏側）を見たのであった。つまり通俗の常識で解説すれば、私はいわゆる「狐に化かされた」のであった。

3

私の物語はここで終る。だが私の不思議な疑問は、ここから新しく始まって来る。支那《しな》の哲人荘子は、かつて夢に胡蝶《こちょう》となり、醒めて白ら怪しみ言った。夢の胡蝶が自分であるか、今の自分が自分であるかと。この一つの古い謎は、千古に亘《わた》ってだれも解けない。錯覚された宇宙は、狐に化かされた人が見るのか。理智の常識する目が見るのか。そもそも形而上の実在世界は、景色の裏側にあるのか表にあるのか。だれもまた、おそらくこの謎を解答できない。だがしかし、今もなお私の記憶に残っているものは、あの不可思議な人外の町。窓にも、軒にも、往来にも、猫の姿がありありと映像していた、あの奇怪な猫町の光景である。

私の生きた知覚は、既《すで》に十数年を経た今日でさえも、なおその恐ろしい印象を再現して、まざまざとすぐ眼の前に、はっきり見ることができるのである。

人は私の物語を冷笑して、詩人の病的な錯覚であり、愚にもつかない妄想の幻影だと言う。だが私は、たしかに猫ばかりの住んでる町、猫が人間の姿をして、街路に群集している町を見たのである。理窟や議論はどうにもあれ、宇宙のあるどこかで、私がそれを「見た」ということほど、私にとって絶対不惑の事実はない。

風澤洋品店
たばこ

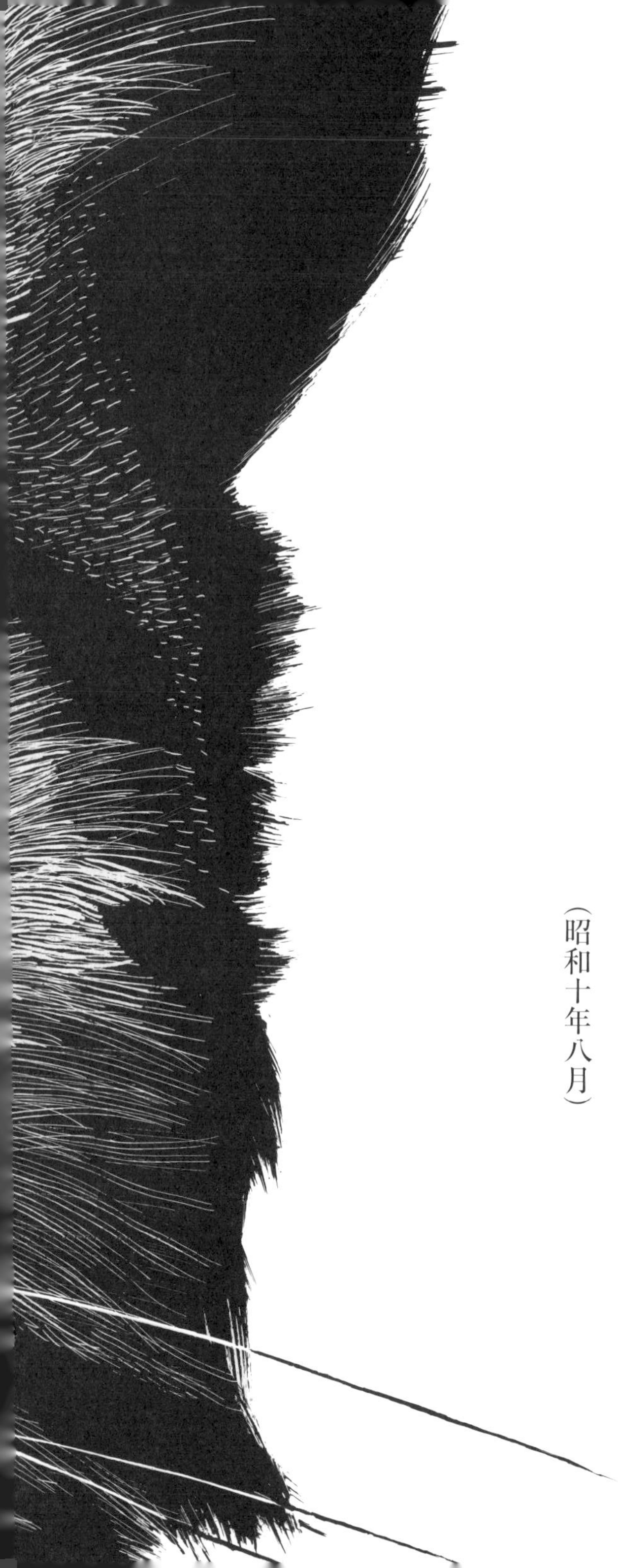

あらゆる多くの人々の、あらゆる嘲笑の前に立って、私は今もなお固く心に信じている。あの裏日本の伝説が口碑している特殊な部落。猫の精霊ばかりの住んでる町が、確かに宇宙のあるどこかに、必らず実在しているにちがいないということを。

（昭和十年八月）

（1）言い伝え。

（2）シェイクスピアの戯曲『ハムレット』の登場人物。

（3）なまめかしいさま。

（4）雰囲気。

（5）ガラス。

（6）三味線を小さくした形で、弓で弦をこすって奏する楽器。

■**萩原朔太郎**（はぎわら・さくたろう）

1886年、群馬県前橋市生まれ。詩人。著書に『月に吠える』『青猫』など。小説に『猫町』がある。1942年没。

■**金井田英津子**（かないだ・えつこ）

群馬県桐生市生まれ。画家、版画家、装幀家。個展、国際版画展などで版画作品を発表するかたわら、愛好する近代日本の文学作品を画本にしている。画本の作品として、夏目漱石著『夢十夜』、内田百閒著『冥途』（以上、平凡社）、井伏鱒二著『画本 厄除け詩集』（長崎出版）、泉鏡花著『絵本の春』（朝日出版社）がある。装幀挿画、絵本の作品多数。2004年、『人形の旅立ち』で第18回赤い鳥さし絵賞、第38回造本装幀コンクール審査員奨励賞受賞。

猫町

二〇二一年五月一九日　初版第一刷発行

著　者　萩原朔太郎
画・造本　金井田英津子
発行者　下中美都
発行所　株式会社平凡社
〒一〇一-〇〇五一
東京都千代田区神田神保町三-二九
電話　〇三-三二三〇-六五九三（編集）
〇三-三二三〇-六五七三（営業）
振替　〇〇一八〇-〇-二九六三九
ホームページ https://www.heibonsha.co.jp/

企画協力　中西洋太郎
編　集　野崎真鳥（平凡社）
印　刷　東光印刷所（本文）／株式会社東京印書館（カバー、表紙）
製　本　大口製本印刷株式会社

※本書は『猫町』（一九九七年、パロル舎刊／二〇一一年、長崎出版刊）を新装復刊したものです。

ISBN 978-4-582-83871-8　C0093
NDC分類番号913.6　A5変型判（21.6cm）　総ページ88